D0576116

¡Ya llegan los Reyes Magos!

¡Ya llegan los Reyes Magos!

Por GEORGINA LÁZARO
Ilustrado por MORELLA FUENMAYOR

¡YA LLEGAN LOS REYES MAGOS!

Library of Congress Cataloging-in-Publication Data

Lázaro León, Georgina

¡Ya llegan los reyes magos! / por Georgina Lázaro; ilustrado por Morella Fuenmayor.

p. cm.

[1. Epiphany—Fiction. 2. Stories in rhyme. 3. Spanish language materials.]

I. Fuenmayor, Morella, ill. II Title.

PZ74.3 .L32 2001 [E]—dc21 2001029608

1-930332-05-X

10 9 8 7 6 5 4 3 2 1

Printed in Mexico 49

Para todos los niños que nos contagian
con su ilusión compartiendo con nosotros la
celebración de la víspera de los Reyes

—G. L.

Para mis sobrinos Carolina, María Fernanda,
Valentina, Víctor Manuel y mi hija Adriana

—M. F..

Hoy es víspera de Reyes;
me he levantado temprano.
Un olorcito a bizcocho
es lo que me ha despertado.
Mamá ya está en la cocina;
parece que ha madrugado
y pronto las golosinas
de seguro disfrutamos.

Son los "trocitos de cielo",
así dice que se llaman,
son de dátiles y tienen
muchas nueces y avellanas.
A la cocina me asomo.
Allí se encuentra mi hermana
que está ayudando a mamá
feliz como una campana.

Hay que escribir a los Reyes.
Les diré que he sido bueno,
(es lo que dice mamita
y me abraza y me da un beso)
que he sacado buenas notas,
papá está muy satisfecho
y muy poquititas veces
he sido un niño travieso.

Les pediré unos patines,
un carrito, una pelota,
que la del año pasado
hace meses que está rota,
un sombrero de vaquero,
un chaleco y unas botas...
Me parece que ya es mucho;
me he pasado de la cuota.

Carta a los Reyes Magos

Para mi hermana pequeña,
como no sabe escribir,
pediré una muñequita
de las que pueden dormir,
de esas que cierran los ojos
y que los vuelven a abrir;
sé que va a gustarle mucho.
¡Qué feliz se va a sentir!

Esta tarde vendrán todos:
primos, amigos, parientes,
y buscaremos la hierba
(la más fresca, la más verde)
para dar a los camellos
que vienen desde el Oriente
transportando sin cansarse
a nuestros tres Santos Reyes.

Nuestro afán evitará
que el saludo se prolongue.
Tan pronto diga padrino
nos iremos para el monte.
Mamá traerá las tijeras,
aquellas que siempre esconde,
y papá tratará en vano
de que vayamos en orden.

Un hermoso villancico
juntos iremos cantando;
lentamente los mayores
y los pequeños saltando.
Subiremos a la loma.
La vaca estará pastando.
Por la bulla las palomas
toditas se irán volando.

Escogiendo lo mejor
recorreremos el pasto.
Al terminar bajaremos
antes que llegue el ocaso.
Ordenaremos la hierba,
la amarraremos en mazos
y la pondremos en bolsas
o en cajitas de zapatos.

Unos partirán temprano
después de comer bizcocho,
pero otros esperarán
a que esté listo el sancocho.
Cada cual se irá a su casa
poco después de las ocho.
En la víspera de Reyes
no se permite el trasnocho.

Pediré un ratito más
para mirar hacia el cielo
y buscar a los tres Reyes
como me enseñó mi abuelo.
Y los veré como estrellas
en un negro terciopelo
y me llenaré por dentro
de un sabor a caramelo.

Vendrán formados, en fila,
por el Cinturón de Orión,
que me ha dicho mi papá
que es una constelación.
Y como en años pasados
sentiré gran emoción
como si cada estrellita
me besara el corazón.

Al fin les pondré la hierba
muy cerca de la ventana
y seré muy obediente
¡hoy me iré pronto a la cama!
Pero no podré dormirme;
mi ilusión será una llama
y sonarán en mi alma
más de doscientas campanas.

Muy pronto vendrán los Reyes.
¡Cuánto me gustaría verlos!
Con sus mantos, sus coronas,
sus barbas y sus camellos.
Baltasar, Melchor, Gaspar,
como en el más dulce sueño,
se acercarán a mi cama
y tal vez me den un beso.

Mañana bien tempranito,
antes de que salga el sol,
me tiraré de la cama
con muchísima emoción.
Despertaré a mis hermanas
y como en una visión
allí estarán los regalos
que guardan nuestra ilusión.

Mi sombrero, mis patines
brillando desde la caja,
y dormida en un rincón
la muñeca de mi hermana;
mi carrito, mi chaleco,
mi pelota anaranjada...
Ésta sin duda será
la más feliz madrugada.

Pasaremos todo el día
entre regalos y juegos.
Pensaremos en los Reyes
por unos breves momentos.
Y ya más tarde, en la noche,
cuando los busque en el cielo,
desearé que pase el año
para esperarlos de nuevo.

GEORGINA LÁZARO

Nací y crecí en San Juan, Puerto Rico, formando parte de una familia de ocho hermanos y muchísimos tíos y primos. Siempre teníamos algo que celebrar y muchas cosas que decirnos.

Ahora vivo en un campo de Ponce con mi esposo, César, y mis hijos, Jorge y José Alberto, en una antigua casa de madera rodeada de árboles y flores.

Cuando era pequeña me gustaba mucho que me contaran cuentos y tuve la suerte de encontrar siempre quien lo hiciera. Más tarde, leerlos se convirtió en mi actividad favorita. Ahora que soy grande me dedico a escribirlos y a contarlos.

Una de mis tías siempre me decía: "Escríbelo, nena, para que no se te olvide". No quiero olvidar ni que mis hijos olviden los momentos especiales que hemos disfrutado juntos, porque sé que al recordarlos los volveremos a vivir. Por eso escribo: es como una música que llevo por dentro y que al salir se convierte en canción.

Antes escribía sólo para mis hijos, pero al publicar mis trabajos siento que escribo para todos ustedes. Soy muy afortunada. Tengo una abuela que todavía me cuenta historias y muchos niños a quienes contarles mis cuentos.

MORELLA FUENMAYOR

Nací y crecí en Caracas. Tengo cuatro hermanos varones. Cuando pequeña era muy curiosa, me llamaban la atención aquellos libros que tenían imágenes y fotografías y siempre me preguntaba cómo los harían. También me gustaba pasar largas horas pintando e inventando historias. Mis padres decían que había salido a mi abuelo paterno, que era maestro y además le gustaba mucho escribir y contar cuentos.

Después de completar mis estudios de diseño gráfico, comencé a ilustrar libros para niños. Mi trabajo ha sido expuesto en la Feria Internacional de Bolonia, Italia.

He ilustrado otros libros para niños y algunos de ellos han sido traducidos a otros idiomas: *La pájara pinta*, *Rosaura en bicicleta*, *Miguel Vicente pata caliente*, *La cama de mamá*, *El espíritu de Tío Fernando*, *Brujitas* y *El conde Olinos*.

Actualmente, me dedico a ilustrar libros para niños, a trabajar en diseño gráfico, a dar clases de ilustración y a criar a mi hija Adriana, de 8 años.